꽃은 예쁘다

꽃은 예쁘다

발행일   2022년 1월 24일

지은이   김승욱
펴낸이   손형국
펴낸곳   (주)북랩
편집인   선일영   **편집**   정두철, 배진용, 김현아, 박준, 장하영
디자인   이현수, 김민하, 허지혜, 안유경   **제작**   박기성, 황동현, 구성우, 권태련
마케팅   김회란, 박진관
출판등록 2004. 12. 1(제2012-000051호)
주소   서울특별시 금천구 가산디지털 1로 168, 우림라이온스밸리 B동 B113~114호, C동 B101호
홈페이지 www.book.co.kr
전화번호 (02)2026-5777   **팩스**   (02)2026-5747

ISBN   979-11-6836-144-7 03810 (종이책)   979-11-6836-145-4 05810 (전자책)

(주)북랩 성공출판의 파트너

북랩 홈페이지와 패밀리 사이트에서 다양한 출판 솔루션을 만나 보세요!

홈페이지 book.co.kr   •   **블로그** blog.naver.com/essaybook   •   **출판문의** book@book.co.kr

---

작가 연락처 문의 ▶ ask.book.co.kr

작가 연락처는 개인정보이므로 북랩에서 알려드릴 수 없습니다.

꽃은 예쁘다

김승욱 시집

북랩 book Lab

여는 말

내 마음속에

오롯이 맺힌 열매들을

글로 옮겨보았다.

차례

제1부

·

꽃은 예쁘다

만남

아침부터
내리던

비를 뚫고
왜관으로 갔다.

만남은 언제나
기대를
가지게 하는 마법.

오랜 지인과
칼국수로 기쁨을 나누고
소프트아이스크림으로 작은 행복도 누린다.

창 너머
멀리 보이는 산 중턱에는

낮은 구름인지
한낮 안개인지
한 폭의 산수화를 그려놓고 있다.

내리는 겨울비를 뒤로하고
다시 집으로 돌아온다.

꽃은 예쁘다

이별

친구 어머니
조문하고
오는 길에
눈보라가 날린다.

이생을 떠나는 님과
작별이나 하듯
눈들이 꽃가루가 되어 날린다.

내 친구 얼굴에
아쉬움이 가득 담겨 있구나

사랑은 짧고
이별은 가슴 아프다.

앞이 보이질 않을 만큼
눈송이는 커져만 가고

저 멀리 햇볕 드는
산 아래로 그리움은 쌓여간다.

어느 봄날에

차창으로
비추이는
햇살이 따사롭다.

창문 살짝 내리고
봄 냄새를 맡아본다.

봄만 되면
왜 이렇게 설렐까?

나무도
꽃도
사람도
사랑스럽다.

때가 되면

다시
매섭게
찬 바람이 분다.

봄꽃을 곧 보려나 했더니
북풍이 꽃을 막아선다.

어디 끝까지 버티나 보자!

꽃이 약해 보여도
때가 되면 어김없이 돌아온다.

난
그 기억을 안고
오늘도 북풍에 맞선다.

비와 꽃

봄비가
벚꽃 잎들을

바닥으로
고이고이
내려다가

흰 꽃잎으로
수를 놓는다.

함께 피어 설레게 하고
함께 떨어져 그립게 하는구나.

비는 아직도
그칠 줄 모르고,
꽃잎은 연이어 떨어지니

봄도
빗속으로
점점 깊어져 간다.

꽃은 예쁘다

꽃은 예쁜데
난 왜 눈물이 날까?

우울,
갱년,
같이 와서 그런가?

그래도
여전히
꽃은 예쁘다.

스테끼는 사랑이다

훌쩍
떠나온 봄 나들이……

두 손 들고
반겨주는 이 있어
더욱 따스한 봄볕.

평화로운
개울을 따라
거닐다가

까치가
새집을 짓는 모습에
함께 기뻐한다.

점심은
안심스테끼,

커피는
라떼로……

좋은 시간은
왜 이토록 빠르게 지나는지……

세월이 지나면
오늘이 더욱 아름답게 빛나리라!

° **스테끼**=스테이크의 일본식 발음.

문득

새가 날고
바람이 불고
잎은 푸르고,

빠르게
시간은 지나고,

지나보면
다 이해가 되고,

난,
감사로
눈물이 흐르네.

꽃은 예쁘다

또 하루

새벽
네 시
사십 분

정신도
맑고,

창밖도
밝아진다.

또 하루가
선물처럼
다가온다.

무더위

숨이 막힐 듯하여
새벽 한 시
삼십 분에
잠에서 깨어났다.

에어컨을 다시 켜고
잠을 청하는데

머릿속은
옛 생각과
현재의 생각이 뒤엉켜
잠들지 못하고 있었다.

꽃은 예쁘다

폭염

폭
염
의

때,

폭
설
이

그
립
다.

설렘

아침마다
잠에서 깨어나면

늘 새로운 세상에
온 것 같은 설렘이 든다.

하루하루가
감사하고

존재
자체가
기적이다.

당황

밤새
풀벌레
소리가
요란스럽다 못해 간절하다.

비가 내려 당황했나,
가을이 와서 당황했나,
그도 아니면 못내 가는 여름이 아쉬웠나.

행복한 인생

며칠째
같은
생각으로 잠에서 깼다.

어디쯤 가고 있고
어디로 가고 있는가?

내
영혼에
찾아오신

그리스도가
아니었으면
절망뿐인
세월이었겠구나!

아찔하다!

상처주고, 상처받은
흔적만 깊게 남은 줄 알았더니

돌이켜보니

사랑받고, 위로받고
은혜받고, 이해받은

행복한 인생이었구나!

푸념

1

세상이 혼란하고
마음도 혼란하다.

이제 주님이 나설 때가
되신 것 아닌가요?

2

한여름 기세는 가을바람에 꺾이고
청춘의 기세는 세월에 꺾여만 간다.

3

몇 주째 허리 통증이 가시질 않는다.
아주 조금씩 나아지고 있지만 시원스럽지 않다.

꽃은 예쁘다

섬

바다 가운데
모여 있는 섬들을
사람들은 아름답다고 감탄한다.

정작 그 작은 섬들은
늘 외로움에 떠도는데……

많은 사람들 속에서
우린 아름답게 빛나지만

밤이 되어
홀로 떠도는
섬이 되었을 땐
마른 눈물만 남는다.

도시
한가운데서
너와 나는 섬이 되어 떠돌고 있다.

튀김 닭 한 봉지

경운기 끌고
오일장 다녀오신

아버지 손에
튀김 닭 한 봉지가 들려있다.

누런
종이봉투가
닭기름으로 홍건하다.

치킨 전문점
하나 없던 산골 마을에서
세상 가장 맛난
튀김 닭을 먹어본다.

아버지는 벌써
거나하게 취기가 올라
방바닥에 누워 그대로 주무시고

형과 누나
그리고 나는
세상 제일 맛난 튀김 닭을 나눠 먹는다.

꽃은 예쁘다

이천이십일년 시월 이십칠 일
새벽 한 시 일 분경 일어난 일

이천이십일 년
시월 이십칠 일

새벽 한 시 일 분
잠이 들지 않아
이런저런 생각…

머릿속엔 음악이 흐르고
나는 점점 너에게로 흐른다.

문득문득 떠오르는
찬양과 가요가 뒤섞여
뇌는 신이 났다.

나는 다시 잠들고 싶은데
뇌는 다시 잠들고 싶지 않은가보다.

두 시간만 자고 못 버딜 텐네…

불멸의 이순신!
불면의 김승욱!

어느 가을날

느티나무 잎들이
한주 사이에

푸른 옷을 벗고
붉은 옷으로 갈아입었다.

올려다본 하늘은
흠 없는 푸른 바다.

차창을 올렸다 내렸다
반복할 만큼

햇볕은 따사롭고
바람은 서늘했다.

사람들 하나, 둘 떠난
카페에 멍하니 앉아

붉어져 가는 파란 하늘을
다시 올려다본다.

꽃은 예쁘다

단풍

봄
새싹도

여름
푸른 잎도 지나고

마지막
고운 자태를 뽐내고 있다.

곧,
근원으로
돌아갈 때를
알고 있다는 듯
마지막 화려함을 드러내고 있다.

수천 년 전 그 누군가도

새벽에
나아가

검은 하늘에
박힌 푸른 별들을
점검하듯 쳐다본다.

어제
그 자리에
그대로 박혀있는지
확인하려고 한참을 올려다본다.

수천 년 전
그 누군가도
저 푸른 별들을 올려다보며

설렘에 가슴 뛰었겠지!

묵상

1

이른
새벽
홀로
책상
앞에
앉아

주님의
말씀을
읽고,

묵상하고
기도한다.

2

온
우주가
보이고

인간
세상의
복잡함이
단순화된다.

고난도
영광도
그분을
사랑하는
마음에
비할 바
아니다.

3

주님께서
말씀하셨듯
제일은
사랑이다.

사랑이
없으면

꽃은 예쁘다

아무것도
아니다.

4

이제
별이
지고
해가
뜨려고 한다.

내
속에도
뜨거운
사랑이
떠오르기를
간절히
소망해
보았디.

소천(召天)

마지막
낙엽
떨어지던
한밤중에

너도 함께
떨어져 버렸네.

하늘은
한없이
푸르고

건물 옥상 굴뚝에선
흰 연기 내뿜고 있는데…

하나님의
부르심을 따라

천군 천사 환영받으며
밤사이 그렇게 가버렸네.

미안하고, 고맙소…

하나님 아버지 품에서
밝고, 맑은 찬송 마음껏 부르소서!

꽃은 예쁘다

모과꽃

열린
창으로
하늘거리는

분홍의
아름다움,

바람은
꽃잎에 닿아
향기를 만들고

햇살은
나무에 닿아
봄을 낳는다.

떠나자

떠나자!

오늘 떠나자!

하늘이 푸르다.

오늘 떠나자!

꽃은 예쁘다

흙

동네 앞 작은 산길을 걷다가
잘 일구어 놓은 텃밭을 만났다.

발걸음이 저절로 멈춰 선다.
흙에 마음이 간다.

어릴 적 아버지가 일구던
논이며 밭에서 피어오르던
아기 속살 같은 흙냄새가 난다.

아버지가 갈아놓은
살결 같던 그 보드라운
흙에 누워 봄 한나절을 보내곤 했었다.

손끝으로
발끝으로

나에게 말을 건네던
흙에서 올 봄에도 푸른 것들이
솟아오르고 있다.

흙에서는 푸른 것들만 나온다.
뒷일은 바람의 몫으로 남겨두고
올봄에도 흙은 푸른 것만 내민다.

꽃이 떨어져

꽃나무 아래
거대한 꽃이 피었다.

꽃이 떨어져
꽃나무 아래에서 잠이 든다.

따스하고 아름다운
한낮의 영광을
남의 일처럼 여기고

꽃나무 아래에서
길고 긴 밤으로 떠난다.

꽃이 떨어져
꽃나무 아래에서 잠이 든다.

꽃을 피워낸
나무에 비단이불
덮어주고 잠이 든다.

오래도록 열매의
보람을 꿈꾸며 잠이 든다.

꽃이 떨어져
꽃나무 아래에서 잠이 든다.

자신을 떨어뜨린 잎사귀에
미소 지으며 땅의 변화에
몸을 맡기고 잠이 든다.

꽃이 떨어져
더욱 꽃 같은 모양으로
나무 아래 잠이 든다.

제2부

•

그
리
움

내 고향

혹한에
빛나는
별빛들…

내 고향
안동군
풍천면
금계리

그 시간
그 별빛
그대로
입니다.

꽃은 예쁘다

풍경

비 내린
조국의
산과 강

내 가슴을
설레게 하고

비에 젖은
대지는
어머니
내 어머니!

봄은
또 그렇게

어느새
그리움으로
다가오는구나!

목련

봄은
꽃으로 말하고,

너는
그리움으로
말을 건넨다.

다시
피어날 수만
있었다면

이토록
지독스럽게
그리워하지는
않았을 텐데……

꽃은 예쁘다

죽은 것만
같았던

목련은
올해도
순백의
옷을 입고

봄
마중하리
우두커니 서 있다.

엄마

엄마는
참
외로우셨겠다.

예배당
맨 앞줄
오른편…

매주일
홀로 앉아
예배드리는

엄마는
참
외로우셨겠다.

꽃은 예쁘다

예수를
친구 삼아

예수를
남편 삼아

예수를
아빠 삼아

그렇게
사셨나 보다.

문득

겨울
햇볕이

따숩게
내리쬐는

산마루에
앉아

당신을
생각하고

주님을
생각하고

나의 삶을
생각한다.

꽃은 예쁘다

생각하면
생각할수록

이
얼마나
눈부시도록

아름다운
인생인가

꽃이 아름답게 보인다

올해들어
유난히
꽃들이 아름답게 보인다.

사월,
목련 벚꽃 유채 백일홍……

오월,
장미에 흠뻑
마음이 빼앗겨 버렸다.

나이가 드는 게지……

꽃은 원래 아름다운데
이제 꽃에 눈을 뜨는 걸 보니

철이 드는 게지……

담장에
줄지어 핀
장미마다
아침 인사를 건넨다.

꽃은 예쁘다

서점에서

올봄엔
시를
쓰지
못하고

시를 만났다.

벚꽃

분홍
꽃잎이
눈처럼
날리운다.

바람은
이리저리

꽃잎을
휘감아
돌아간다.

어느새
너는
나의
시간 속으로
훌쩍 들어와 버렸다.

꽃은 예쁘다

그리움

사랑하는
소녀의 영혼은

꽃이 되고
바람이 되어

해마다
때마다
피고 지고
흩날리면
좋으련만,

꽃이
피고 지고
바람이 들판을
가로질러 달려도

소녀의 모습은
볼 수가 없고

그저
벌과 나비만

윙~ 윙~
거리다가 돌아서 간다.

은혜

생각하면
생각할수록

신기하고
신비로운 것은

수많은
죄악 가운데
빠져 있을 때조차

내가
여전히

그리스도 안에
머물고 있었다는 그 사실

자격 없는
나
이지만,

오늘도
그분 안에서
발견되는
하루가 되기를 소망한다.

꽃은 예쁘다

인생은 무엇인가

인생은
그날이
풀과 같으며

그 영화가
들의 꽃과 같도다.

-시편 103편 15절-

가을과 겨울 사이

낮,
파란 하늘

밤,
푸른 별빛

너,
그리움

나,
기다림.

꽃은 예쁘다

새벽 산책

풀벌레 합창 소리에
발걸음 가벼워지고

아침 노을 구름 어울려
하루를 반기네.

인간의 삶과 죽음에 대하여 묵상하다

노년의 버거움, 요양병원의 풍경……
결코 가볍지 않은 한 사람의 인생,
그러나 제 몸과 정신도 가눌 수 없는 연약한 육체를 보
고 있노라면……

그리스도 없는, 그리스도 밖에서 사는 삶은 참 허망, 허
무, 공허하다.
죽음 너머 존재하는 세상에 대한 확신이 없다면
오늘을 살아가는 것이 너무 불안할 것이다.

그리스도께서 인생(육체)으로 오시고, 사시고, 죽으시고,
다시 살아나셨다는 것은 기적이다. 하나님 안에서 일어
난 엄청난 축복이다.
모든 인간은 십자가와 부활, 이 사실 안에서만 진정한
평안을 누린다.

나와 너도 한 인생으로 와서 살고, 죽고, 그리스도 안에서
다시 새 인생으로 살고 있다, 이것이 실제 우리 안에 일
어나지 않았다면
여전히 우리는 절망이다.

꽃은 예쁘다

육체의 호흡이 끝나기 전에 그리스도와 함께 호흡하라!
이것만이 유일한 소망, 기쁨, 평안이다.
'나는 죽고 예수로 사는 사람'만이 영원히 죽지 않고
'불멸의 생명의 능력'으로 산다.

태풍 지나고

태풍 지나고
별빛 푸른 밤.

귀뚜라미는 밤새 울고
바람은 가을과 그리움을 싣고 오네

푸른 느티나무 잎들이
이리저리 춤추며
새벽을 맞이하고,

나그네는
길 떠나기

좋은 날이라며
조용히 되뇐다.

둘이

별이
맑게

빛나는
새벽

아내와
둘이

바람을
따라
거닐다.

사랑에 빠진 건가

난 너만 봐
넌 나만 봐
우린 사랑에 빠진 건가 봐

봄꽃도
여름 바다도
가을 물든 단풍도
네가 있어서 아름다워…

금봉네거리

좌회전
대성사

우회전
햇살교회

직진하면
서부정류장

어디로
가실래예~

하늘 푸르러

하늘
푸르러

구름
없으니

새는
거칠 것이 없고

나는
부자연스러운 것이 없구나!

이제 가자!
바람 부는
자유의 들판으로…

꽃은 예쁘다

정오(正午)

정오의 햇살
따숩고,

정오의 바람
차갑고,

아스팔트 위엔
이리저리
마지막
낙엽 뒹굴고,

가을은
흔적도
없이 사라지다.

기(氣) 싸움

초겨울
새파란

하늘에
보석처럼

빛나는
태양!

구름
하나
없어
더욱
강렬한
얼굴로
땅을 쏘아본다.

꽃은 예쁘다

창가에
서서

그 태양을
째려보는데,

갑자기
재채기가 난다.

오늘도
내가 졌소.

제3부

•

여름눈

조화

손가락이
열 개인 이유는
발가락이 열 개이기 때문이다.

발가락이
열 개인 이유는
손가락이 열 개인 이유와 같다.

십 년이면 강산이 변하는 이유

십 년이면
강산이 변한다고 한다.

강은 골을 패이게 하여
골짜기를 만들고
산은 깎이고 깎여 들판이 된다.

들판은 닦이고 닦여
빌딩을 들어올릴
콘크리트가 되었고
콘크리트는 이미 빌딩 자체가 되었다.

십 년이면
강산이 변하는 이유는
날마다 욕망하는
인간들이 있기 때문이지.

바람에

나뭇잎이
바람에 흔들린다.

내 마음도
바람에 흔들린다.

별은 높고
푸른 곳으로 지고,
달은 뜨지 않았다.

나뭇잎이
바람에 흔들린다.
당신도
바람에 흔들린다.

밤은 깊고
검은 곳으로 지고,
해는 아직 뜨지 않았다.

바람에 나뭇잎이 흔들린다.

꽃은 예쁘다

태풍

바람에
두려움
느낀다.

구름에
두려움
느낀다.

빗소리
두려움
느낀다.

부러진
나뭇가지는
길거리를 나뒹굴고,

비를 담은
검은 구름은
빠르게 산을
넘고 또 넘어 온다.

졸음

아직
대낮인데
잠이 온다.

눈이 감겨
사고가 마비되고
머릿속은 반복을 거듭한다.

꽃은 예쁘다

여름눈

눈이
날려
콧등에

눈이
날려
손등에

눈이
날려
발등에

눈이
날려
가슴에
시원하게 내린다.

구십구 년
팔월 이 일

무척 더운
여름날에
눈이 온다.

낯설지 않다

도로 위를
달리는 자동차며
터미널 앞의 사람들,

한강에
흐르는
흙탕물

세차게
내리는
빗줄기

검은 먹구름
사이로 잠시
비추는 햇살,

강둑을
날아오르는
젖은 비둘기 떼,

꽃은 예쁘다

눅눅한
지하철
승강장,

이
모든 것들이
오늘은 낯설지 않다.

아기

복잡한
버스 안에서

호기심 가득한
아기의 모습을 본다.

처음 본 아기인데
낯설지 않고,
가까움을 느낀다.

나의
영혼과
부딪힌 것일까
어디를 떠돌다
나의 영혼에 부딪혔을까

눈 안 가득
아기를 안고
집으로 돌아오다.

꽃은 예쁘다

비와 바람

비, 바람

비.
바람.

비, 바람, 나무

비.
바람.
나무.

비와
바람이

나무를
온종일

씻기고
밀린다.

달빛

무더운
여름밤을

한없이
차가운
달빛이
가른다.

자정이
다 되어도
그칠 줄 모르는

더위의 혼령들이
차가운 달빛 아래
마지막 배회를 시작한다.

열려진
창문 위로
차가운 달빛이 내리 달린다.

새벽이
가깝다.

습도 80, 불쾌지수 90

도시를
식힐 만큼
많은 비가 내렸지만

옷 속을
흐르는
땀방울들.

일직선으로
곧게 내리는
빗방울들을

남김없이
뱉어내는
뜨거운 아스팔트.

스며들 틈을 찾지 못하고
입자들이 되어
다시 공간을 떠돈다.

아!
그러니
숨이 막히지

습도 팔십에
불쾌지수 구십.

만남

오랜 세월 지나
당신의
모습을 보았을 때,

시간은 사라지고
당신만
그 자리에 서 있었다.

변함없는
웃음과 몸짓
그 어느 것 하나 낯설지 않았다.

공간은
그대의
향기로
가득 채워지고,

당신의
인(印)이 박힌

나의 영혼은
기쁨으로 가득하였다.

꽃은 예쁘다

폭염

조여 오는
목덜미의 뜨거움

숨은 가쁘게
심장의 발걸음을
재촉하고,

이글이글
프라이팬
열기처럼

아스팔트는
두 발
짐승을 굽는다.

등줄기의 땀들은
골짜기를 내리 달리고

살가죽들은
제각각 붉은
혁명을 일으킨다.

미시령

한 고개
돌아서
정상에는

사람이
쉬어가고

바람이
쉬어가고

구름이
쉬어간다.

바람은
그리움을

구름은
기다림을

사람은
사랑을
남기고 간다.

꽃은 예쁘다

밝음

밤이
깊고
깊어지니

밝음이
더욱
아름답구나.

만남

비와 바다가 만난다.
비와 바다가 만난다.

바다 저 끝 파도치는 바위섬 위에서
부서지는 물방울로 바다는 비를 만난다.

바다와 비가 만난다.
바다와 비가 만난다.

하늘 끝 낮은 구름 아래서
바다는 비를 맞이한다.

꽃은 예쁘다

햇살 하나

짙게
깔린
구름

틈 사이로
햇살 하나
비추인다.

내리던 비도
한숨을 돌리고
햇살에 자릴 양보한다.

물먹은 대지는
어느덧 생기로
햇살에 답한다.

하늘 한번 보고

하늘 한번 보고
숨 한번 쉬고,

하늘 한번 보고
물 한 모금 마신다.

하늘 한번 보고
그댈 그리워하고,

하늘 한번 보고
땅을 짚는다.

하늘 한번 보고
제자리에 앉고,

하늘 한번 보고
눈을 감는다.

꽃은 예쁘다

고독

나
의

창
가
에

까
마
귀

한
마
리
가

날
아
와

앉
았
다.

손톱

며칠이나
지났을까

손톱을
깎아야
할 것 같다.

내 몸의
일부가
자라나와

쓰레기와
섞여
소각장으로
보내진다.

손톱,
깎을 때마다
갈등이 생긴다.

지금
깎을까
아니면 내일,

소중함마저
느껴지는 것은
아마도 정(情).

따 가 닥-딱!
손톱이
깎여나간다

지금!

미용실 풍경

잡지책을
뒤적거리는 여학생들

파마 롤을 하고
창밖 비오는 거리를
하염없이 내다보는 아가씨.

한 올 한 올
작품을 다듬으며
가위질 해 나가는
아름다운 손길.

사-각!
사-각!

어느새
달라진
머리 모양에
미소 짓는 여인.

부드럽게
샴푸질 해내는

견습생들의
첫 손길들이
바지런히 움직인다.

꽃은 예쁘다

달빛

깜깜함
밤
밝은 달빛

차창을 따라
백리를 쫓아오다.

쉬어갈
고갯마루에 앉아
달빛과 이야기를 주고받는다.

깜깜한
밤
밝은 달빛

차창을 따라
백리를 쫓아오다.

비

열려진
창틈 사이로

스며드는
비 냄새.

하루 종일
참아 내더니

자정 무렵,

잠든 도시를
너의 영토로
바꾸어 버리는구나!

사람들이
잠에 취해
맑은 내일을
꿈꾸는 동안에도
너는 소리 없이 촉촉한
너만의 세상을 만들어 가는구나!

꽃은 예쁘다

주~륵, 주르륵!

지붕을 타고
흘러내리는
너는 이미 비가 아니라 생명이다.

이 비 그치고 나면

이 비
그치고 나면
뜨거운 태양
춤을 추겠네.

한 틈도
남김없이
쏟아지는
물방울 위로
쏟아질 햇살이 보인다.

이 비
그치고 나면
뜨거운 바람
노래하겠네.

빗속
감추어진
노래들을 모아
바람으로 노래하겠네.

꽃은 예쁘다

이 비
그치고 나면
푸른 나무들
푸른 웃음 짓겠네.

몸뚱이
가득
비를 머금고
푸른 웃음 짓겠네.

부곡 하와이

미끌
미끌

물들도
성질들이
있는가 보다.

마셔도
되는 순한 물

성질이 독해
마시지 못할 물,

마음이 좋아
사람을
편안하게 하는 물.

뜨겁고
속이 깊어
마음뿐 아니라
몸뚱어리를 깨끗하게 하는 물.

부곡 하와이
물이 좋고
산이 좋아
사람에 이롭고
득이 되는 물이로구나.

동해의 아침

동해의
끝자락
호수처럼
펼쳐진 바다.

그물을
손질하는
어부의 모습에서
만선의 기쁨이 보이고,

산은 길게
양쪽으로 둘러
바다를 감싸 안는다.

물결은
햇살에
씻겨 반짝이고,

아이들은
물결에
씻겨 해맑다.

웃음 짓게
만드는
동해의 이른 아침.

꽃은 예쁘다

제4부

●

기
다
림

여인

아침 빛
같이 뚜렷하고
달같이 은은하며,

기치를 벌인
군대같이 엄위한 자여!(아가서6:10)

그대 여인아!

숲속 작은
사슴새끼처럼
온순하며 살가운 사람아.

난,
산봉우리가 되어
아침 동산에서
뛰어놀 그댈 기다린다.

바람은
아름답게
머리털을
쓰다듬고

꽃은 예쁘다

골짜기는
그대 향기로
가득 채워져 간다.

그대 여인아!

아침 빛 같이
뚜렷하고,

달같이 은은하고
기치를 벌린
군대 같은 나의 여인아!

분수

꼭대기에 있던
물방울이 떨어지면서
수많은 가루비가 된다.

날리어 적시고
다시 오른다.

햇살이
뜨거울수록
너의 모습은
더욱 아름답게 빛난다.

사람들의
숨통을 열어주고

몸에 바람을
스며들게 한다.

물방울들이
온 힘을 다해
거꾸로 솟아올랐다가
다시 푸른 곳으로 곤두박질친다.

꽃은 예쁘다

제일
꼭대기에 있던
물방울이 햇살에 반짝인다.

해

해는
뜨거운 놈.

온
천지를 달군다.

땅
돌
흙
집
나무까지
모두 달구어 낸다.

새롭게
되려나
사람도
달군다.

하루 종일
해가
지구를 달군다.

뜨거운 놈!

꽃은 예쁘다

허무 극복

가슴 가득한 사랑
가슴 가득한 행복
그런 세상에 살고 싶다.

끝없는
허전함을
박차고,

가슴 가득 차오르는
시간과 공간 속으로

마음껏 날갯짓하며
하늘로 솟아오르고 싶다.

물고기 배 속의 요나

무릎을 꿇고
사랑하는

나의
주님을
기다리는

밤이
길고도 길다.

감싸 쥔
두 손 위엔
땀방울이 맺히고

주님을
기다리는
내 가슴속엔
사랑의 이슬이 맺힌다.

꽃은 예쁘다

니느웨로 보내신
하나님의
애타는 마음을

물고기 배 속
요나가 이제야 깨닫는구나.

주님
저도
이제
깨닫게 하옵소서.

감사

사랑은
감사로
시작된다.

나무와
바람과
햇살에
감사함으로

하나님의 사랑을
나의 피부로 느낀다.

계절이
바뀐 것에 감사한다.

씨앗이
뿌려지고
햇살의 바뀜에
그것들의 자람을 본다.

감사는
오늘 하루
사랑을 남긴다.

꽃은 예쁘다

오랜 친구

옆에
말없이
앉아 있는
친구의 옆모습.

말보다 강한
오래됨과 믿음.

입가의
미소만으로도
우리는 하나가 된다.

오랜 친구는
말없이
그냥 계속 옆에 있다.

순환도로

밤거릴
자동차로 달린다.

어둠속 가로등 불빛은
가끔씩 얼굴을 비춘다.

앞산 아래 순환도로,
밤에만 제 기능을 찾으니
반쪽 순환도로다.

낮엔
순환이 전혀 안 된다.

혈관이 막힌 듯
답답한 차선 위엔
각양각색의 쇳덩어리들이
일렬로 줄지어 서 있다.

순환이 잘 되는
앞산 순환도로를
밤에 달린다.

세월

캄캄한
방 한구석

우뚝
솟은
영혼.

도시 곳곳에
불이 켜지고,

다시 날이
밝아 올 때까지
꼼짝하지를 않는다.

째깍, 째깍
초를 다투는
세월도

영원
앞에서는
늘 제자리걸음.

비

아무 생각 없는 날
아무 쓸 것이 없다.

생각이 너무 많은 날은
너무 많아 쓰질 못한다.

비가 하루 종일 오는 날
빗방울마다 사연이 넘친다.

하나님이 창조하신 것들에게서
하나님의 모습을 가끔 발견한다.

빗방울에 담긴
하나님의 사연은 무엇일까?

꽃은 예쁘다

비는 떨어져야만
다시 오를 수 있기에
아침부터 저녁까지 쉼 없이
땅으로 떨어져 내린다.

인간들 속에 살아야
인간들이 알아볼 수 있었기에
하나님은 인간의 모습으로 비처럼
땅에 떨어졌다가 다시 오르셨다.

쉼 없이
비와 함께 떨어져
인간들에게 보이시곤 다시 오르셨다.

중독 1

사람들은
말에 중독되었다.

하늘이란 말에
사람들은 그저
아무 생각 없이
푸르다고 한다.

바다를 보고도
푸르다고 한다.

사람들은
어머니의
배 속에서부터
말에 중독되었다.

꽃은 예쁘다

듣고, 듣고
말하고, 말하고

결국
느끼지 못하고
말을 해 버린다.

분명하다.
사람들은
말에 중독되었다.

아침마다 새가 울기를 기다린다

아침마다
새가 울기를 기다린다.

지지배배, 지지배배
귓전을 맴돌다 가기를.

그런데
아침마다
개가 짖는다.

왈왈!
왈왈왈!
귓전을 맴돈다.

꽃은 예쁘다

새보다
아홉 배나
더 큰 몸통과 성량으로
개는 아침의 정수리를 파고든다.

개
짖는 소리는
순식간에 동네를 돈다.

아침마다
새가 울어 주기를 기다린다.

지지배배!
지지배배!

달

밤이
깊어가듯

나의 몸이
피곤으로 깊어 갈 때쯤
달은 더욱 파랬다.

그저
하루하루 훈련을
받는 병사처럼 밤이면
녹초가 되어 이불에 몸을 맡긴다.

내일이면
단련된 몸으로
아침을 맞이할 수 있겠지?

꽃은 예쁘다

생각할
겨를도 없이
파란 달나라로
여행을 떠난다.

그곳은
한낮의 뜨거움도
먼지도 없는 곳,

토끼는 예전처럼
방아를 찧고

어린 왕자는
빠알간 꽃에
물을 주는 그곳으로 떠난다.

가로수

거리 공원.

나무에
물을 주는 아저씨들.

아침마다
싱싱함을 느끼게
해주었던 힘이 바로 이것.

오후 내내
한 그루, 한 그루
정성을 다해 목욕시키듯
가는 물줄기로 나무를 씻겨낸다.

거니는 사람들은
나무에게
고맙다 인사하지만,

나무는 날마다
물을 주는
아저씨들에게 고마워한다.

물을 듬뿍 먹고
반짝이는 나뭇잎들이
오후 햇살만큼이나 아름답다.

꽃은 예쁘다

삶

강하게
솟아오르는
삶의 애착과 사랑
그들과 다른 오늘 하루.

솟구치는
자유로움
한 발짝
내 딛는 자유.

성찰과 반성
새로운 출발.

당신의 인도와 보호,
그리고 주신 삶 아름답기를!

난 시인이고 싶다

사람마다
자기의 일을
한 가지씩 가지고
태어났다면 난 시인이고 싶다.

우주의 외로움과
지구의 아름다움을
글로써 노래하는
나는 시인이고 싶다.

세상에서
단 한 가지의 일을
택할 수 있다면
난 시인이고 싶다.

거짓 없이
꾸밈없이
나의 영혼과 살갗에

느껴지고
만져지는
이 세상을
노래하는
난 시인이고 싶다.

오늘도
하늘은 푸르렀고
바람은 머릿결을
스쳐 마음에 닿았다.

나는 시인이고 싶다!

감사

감사!

오늘을
있게 한
단어다.

내가
존재할 수 있게 된
근원에 감사한다.

영혼은
다른 세상에
있지 않고

오직 나의 육신과 삶 속에서
함께 공존하며
다른 영혼과 어울려 산다.

영혼은
감사로
양식을 삼고,

회개로
햇볕을
삼는다.

육신을
물려준
어버이께 감사.

감사,
절대적 존재
절대적 생명
절대자이신
당신께 감사.

축제

사람들의
웃음 속에는
아이의 모습이 있다.

아이처럼
아이의 모습으로 웃는다.

웃으면서
아이가 되어
그 시절로 돌아간다.

눈가에 잡힌
주름은 더 이상
나이를 말하지 않는다.

한 낮의 햇볕과
시원한 바람 아래서
축제가 펼쳐졌다.

사람들은
저마다 아이가 되어간다.

꽃은 예쁘다

중독 2

비 오는 날이면
당신은 비에 휩싸여
하루를 비처럼 보내곤 했었지.

구름 낀
하늘 뒤편
푸른 그곳에 닿아
내려올 줄 모르고 하루를 보내곤 했었지.

난,
비가 오는 날이면
당신이 휩싸인 비에
몸을 맡기고 하루 종일 걷는다.

비의 향기는
더 이상 비가 아니라 당신이다.

젖은 머릿결에
뿌려진 당신 향기를
마를 때까지 닦아내지 않고 간직한다.

비에
중독된 하루를 보내고
이제 나의 자리에 앉아
고이 당신을 보낸다.

통영 풍경

빠져들듯이
물결은 일렁이고
손에 잡힐 듯 바람은
볼을 스치고 간다.

떠나는 배는
일렁이는 물결을 끊고
또 다른 일렁임을 만들어낸다.

눈에 닿아
아득한 먼 섬의 산은
치켜 올린 나무로 하늘을 덮는다.

어느덧
통영의 햇살도
희미해져 서산을 넘고,

뿌려진 듯한
노을에 마음을
담아 보내고서야
발길을 재촉한다.

기다림

숨죽여
가며
차례를 기다린다.

아침이면
새가 울기를 기다리고,

낮이면
바람 불기를 기다린다.

밤이면
빛나는 별빛의 꿈을 기다리고,

새벽이면
주님의 목소리를 기다린다.

기다림은

아침에도
낮에도
밤에도
새벽에도

한결같은 마음이다.

어릿광대

나는 어릿광대.

외줄 타듯
오늘 하루도 세상을 살았다.

사람들이 웃을 때
나도 웃고,
사람들이 울 때
나도 울었다.

얼굴에
바른 분장이
지워지는 줄도 모르고
웃고, 울었다.

나는 어릿광대.

바람이
동에서 서로 불면
난 어김없이 동에서 서로 흐른다.

그래,
행복은 바로 그 흐름에 있었다.

흐름을 탈 줄 아는
난 어릿광대.
난 행복하다.

미루나무

눈송이처럼
미루나무 꽃들이 날린다.

시원스레 뻗은 나무 기둥과
잎사귀들이 반짝반짝 흔들리며
비추이는 햇살을 받아내고 있다.

어릴 적 동네
어귀 개울가에 줄지어 섰던
미루나무 숲이 생각난다.

시냇물을 건너기 위해
징검다리가 놓여 있던
그곳을 우리들은 '건널보'라 불렀다.

여름에는 물장구
겨울에는 얼음지치기로
하루를 보내곤 했었다.

시원한 나무 아래에서
잠이 들면 해가 넘어가고서야
집으로 돌아오곤 했다.

꽃은 예쁘다

미루나무
하늘에 닿아

그곳으로
올라갈 수 있으려나
생각했었는데,

그저
눈송이 같은
꽃가루만 날리고 있었다.

매미

사랑은
두 번 울지 않는다.

사랑은 매미다.

온통 기다렸다가
한 번의 긴 울음으로
세상을 사랑해 버린다.

그 여름이 길어도
그 여름이 짧아도
매미는 두 번 울지 않는다.

야(夜)

어둠에
잠긴 산자락.

밤은 검다 못해
푸르러지고,

향내는
코끝에
와 닿는다.

아!
바람아
너만은
내게로
와다오.

나무에 계절이 숨어 있다

나무에 계절이 숨어있다.
하나하나 내어 보이는
잎마다 계절을 담고 있다.

감출 수 없는
계절의 이름을 담고
바람에 이리저리 흐느적거린다.

가득 여름을 담은 나뭇잎을 보고
우리는 여름이라 하고,
가을 색을 머금은 잎을 보고
우리는 가을이라 한다.

바람,
겨울바람에 안겨
떨어지는 잎을 보고
우리는 그 계절을 겨울이라 한다.

나무에는 분명 계절이 숨어 있다.
살짝 내민 잎사귀의 처음을 볼 때
우리는 그것을 봄의 시작이라 부른다.

꽃은 예쁘다

비

마른 흙에
비가 내린다.

열흘 넘게 말랐던
흙에서 향기가 난다.

서럽고, 외롭던
비는 가고 어린 시절 그 비가 내린다.

온몸으로 비를 맞으며
산 계곡에서 흘러 내려온
도랑물에 물장구치던
그 비가 오늘 다시 내린다.

입술 파르르
새파랗게 떨며 들어오던,

아들을 기다리던 어머니는
아무 말 없이 마른 수건으로
젖은 아들의 머리를 닦는다.

하루 종일
마른 흙에
비가 내린다.

사하라

하늘빛이
온통 먼지로 뿌옇다.

도시는 어느새
사하라로 변한다.

끝없는 모래바람
한 치 앞도 보이질 않는다.

얼굴은 따끔거리고
태양은 빛을 잃어간다.

바람이 땅을 쳐서
거대한 흙바람을 만들어 내고 있다.

꽃은 예쁘다

초속
백킬로미터로 달리는 먼지 입자들.

도시에선
보기 드문 흙바람이
고맙기 그지없다.

삶을 시초로 돌리려는 걸까,
흙바람 볼에 닿아 분가루가 된다.
삶의 껍데기를 덮는다.

흙바람은
오후 내내 도시를 뒤덮었다.

바람 부는 사하라!

정말 우리는 거인을 꿈꾸는가?

정말
우리는
거인을 꿈꾸는가.

작은 나무도
소중히 여기지 못하고

한 번의 만남도
귀하게 여기지 못하는
우린 정말 거인을 꿈꾸는가.

가로수 잎들이
푸르러 가는 것도
느끼지 못하고,

꽃은 예쁘다

바람의 숨결이 가쁘게
느껴져도 그냥 지나치는
우리가 정말 거인을 꿈꾸는가.

생명과 사랑이라고는
찾아볼 수 없는 세상에서
우리들은 정말 거인을 꿈꾸는가.

인공의 푸르름에 얼굴을 묻고
자판을 두드리는 우리는 정말
거인을 꿈꿀 수 있는가?

찬란함의 그림자

이 넓은
우주에
홀로 남은 것 같은
지독한
외로움을, 느껴본 적이 있는가

수많은
사람들 속에 살아도
내 마음 같은
한 사람이
그립고, 그리웠던 적이 있는가

신새벽
별빛에
문득
잠 깨어
알 수 없는 눈물 훔친 적이 있는가

외롭고
그립고
아쉬운
사십 대들이여,

그 찬란함의
그림자
보듬고

다시 제 갈 길을
당당히 걸어가자!

하늘

1

파아란
하늘
뒤로하고

창백한
구름이
서둘러
갈 길을 간다.

무서리
내리기전

푸르게
하늘
닦아두려고
그러나 보다.

꽃은 예쁘다

2

하나님은
하늘에 계시고,

나는 땅에
발을 딛고 산다.

하나님은
내속에도
계시고

나는
내속에
하나님을 따라
하늘에도 산다.

진정한
자유사!